心やさしき人々

霧島市立溝辺中学校
創立七十周年記念出版

母校 溝辺中学校（昭和30年頃）

卒業30周年記念

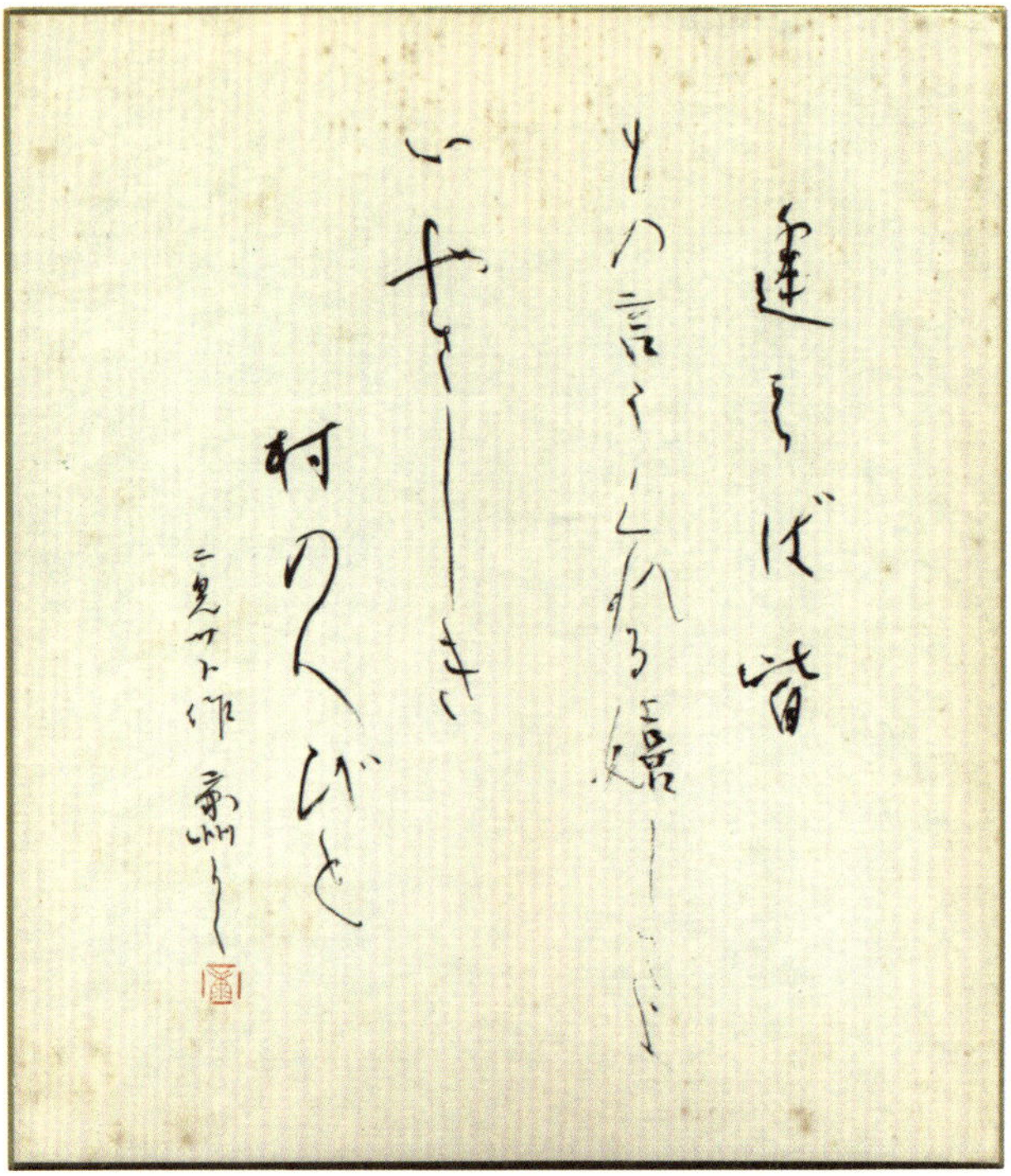

揮毫　法元康州先生

序

著者・二見剛史氏(志學館大学名誉教授)は、冒頭「世界市民の立場で『心やさしき人々』を探す旅」と銘打って、随想のシリーズを歩み出している。

氏は、地域住民を始め、中学、高校、大学、研究所、さらには社会人として、さまざまな人々との交流を重ね、国内外にまでその輪を広げている。

氏は、『霧島市の誕生』を手始めに、歩を進めているが、そこに一貫して流れているものは、地域の伝統、文化に根差した郷土愛、隣人愛、家族愛であり、それは地域文化の高揚、生涯学習社会への浸透をめざした、息の長い営みでとなっている。

中央教育審議会は、文化を生活の横糸(緯)、生涯学習を生活の縦糸(経)として、両者を有機的に一体化する一定の方向付けを示したが(昭和54・56年)、このことは、氏の随想の基盤にもよく生かされている。

「世界は一つ、教育は一つ」（ＷＥＦのスローガン）と言われるが、「教育者は相互理解と協力により平和の灯を高く掲げることを至上の義務の一つと考えることを銘記しなければならない」と韓国文教部の李奎浩長官も言っている。さらに「相互理解と平和の実現という国際社会の共通の目的を達成するために」は、「地球市民として自国の立場のみにこだわることをせず、周囲とのバランス感覚を有効に働かすことが肝心である。」と著者は主張している。

中国の古典「中庸」に「誠者、天之道也。誠之者、人之道也。」とある。誠を身に付けるためには、優れた他人がたとえ一回で出来るものであっても、常人である己は百回、十回で出来るものなら、常人である己は、千回行うほどの厳しい努力が必要である。それほどの努力を重ねれば、調和のとれた有徳の人となることが可能であり、天の道に叶うバランス感覚を身に付けることができると説いている。教育は目標を定め、大願成就のためには、あくなき実践・厳しい繰り返しの努力が不可欠なわけだ。

「心やさしき人々」との出会いもまた、著者が広範にわたる旅のつれづれに、発信している、そのあとを追体験することにより、出会いの温かさ、かけがえのない人間の絆、心癒される人間模様のかずかずに気づき、心豊かな人間の生き方の道標を見出すに違いない。さあ、まずは旅の第一歩を踏み出してみよう。

平成二十九年九月十三日

元霧島市教育委員長

中　村　文　夫

もくじ

溝辺町陵北の茶畑から望む霧島連山の朝

溝辺町竹子の萬田農園

発心

あることをしようと思い立つことを発起とか発意、さらに仏語には「発心」と出てくる。「里山の心」に続くエッセー連載なら心をつけた熟語が良さそうだ。しばらく2字を探して作文をしてゆこう。

発心とは「菩薩心を起こすこと」とある。春の彼岸に福岡県の住職さんを加治木の性応寺にお迎えし説教を拝聴した折り、ナマンダの語源がヒンズー語のナマステに通じると教わった。若き日、ムンバイを旅したとき、現地では「こんにちわ、ありがとう」を「ナマステ、ダンニヤード」と唱えると知り、何千年の時空をこえて、人間同志が声掛けあう風景を想像した。

インドの仲間たちは心からもてなしてくれた。空港では生花のレイを一人一人に掛け、ホテルの食堂ではサクラサクラや「上を向いて歩こう」などの曲を流して下さった。レセプションではガンジー首相が日本人ひとりひとりと握手して下さった。「なぜ、私たちはこんな良い目にあえるのでしょう」と話したら、ロシアの研究者が「それは東京大会で日本人の皆さんがもてなしの心を発揮されていたからですョ」と言われた。

「世界は一つ、教育は一つ」をスローガンにするWEF(The World Education Fellowship)の世界めぐりで学びとった最高の宝、友愛の場面というべきや!!

家庭訪問のときも私が「埴生の宿」を日本語で唄い出したら、英仏独露・・・・それぞれの言葉で大合唱、これぞ地球市民の心通うひとときなのだと感動した。

インドには1回きりで、その後欧米やアフリカまで足をのばしたが、隣の中国には7回、韓国には3回ほど、会議やテレビ取材や観光を楽しんでいる。西安からシルクロード、釜山等の寺院にも参詣、アジア人の心を確かめ合った。

日中戦うべからずと心血を注いでいた静岡県出身の松本亀次郎先生について、

北京での研究発表（通訳 徐建新氏）
テーマ「京師法政学堂時代的松本亀次郎」

北京で研究発表したのは一九八八年秋、その後九四年にはNHK取材班に同行を求められETV特集「日中の道天命なり」にまとめて下さった。今比較教育概論等の講義で採用され、若き日の自分も再現できる。研究仲間は年々増えている。
グローバルにローカルを加え出して30余年、世界めぐりと全国行脚に努力した私だが、体験学習の積み重ねが今や自信になりつゝある。これからも「やさしき人々」を世界市民の立場で探す旅に出てみよう。

（① '16・7）

世界

七月はわが誕生月、いよいよ喜寿に達する。先月義妹（井上加世）が66歳で他界、さびしい昨今だ。甥姪や親族、近隣里人の様子を伺うたびに、人生の重みを感じ一日一日を大事にしなければと切に思う。

妹の娘は英国留学の折り恋に落ち国際結婚、夫を説得して帰国した。今久留米で2児の子育てをしながら英語教師だ。幼な児たちのしぐさをみていると、耳は英語でも口は日本語でバイリンガル。

高校時代からおつきあいしている志布志高出身の山本毅雄君は今つくばに住んでいるが、奥様はアメリカ人で日本文学の専門家、彼自身は工学博士、T大副学長をしていたが退職後母校の大学院に再入学、次は英文学の学位取得に挑戦中の由、太平洋をわが庭にしてシニア時代を力強く生きている。先年一泊させてもらったが、子どもたちは椋鳩十《むく》の文学にも通じていた。まさしく地球市民一家である。

大学時代、恩師の平塚益徳教授に「世界中が自国語とエスペラントを学ぶようユネスコあたりで呼びかけては」と申し上げると、「言語は地域文化のあらわれだから、人工語はそれほど普及しないョ」「まずは英語と日本語でしょうか。」「でもね、世界中で一番人口の多い隣国の存在を考えると、日本人は中国語も日頃射程に置いて学習したら良いかもね」と言われた。私の日中文化交流史研究はこうした導きの中から始まったのかも知れぬ。同じ中国でも西域ではロシア語が第二外国語である。全方位外交の国なのだろう。

留学生ならずとも色々なかかわりで地球市民的生活を楽しんでいる家庭は着実に増えている。要は、人間同志のつきあいの中で真実の友情を培うことが大切といえよう。日本人もできる筈である。

この十年、われらの故郷かごしまでも世界各地の色々な文化を楽しめるようになった。その際、全国交流が第一だと思うので、数年前から、国民文化祭誘致には議員さんたちとご一緒に心を尽くした。

昨年その番外編というべき絵手紙大会の開催に協力したら、今、わが家のポストには全国各地から便りが舞い込む。

陸海空の交通手段も年ごとに充実してきた日本、二〇一六年六月上旬は京都大学での小さな国際教育フォーラムに出席したが、参加者の中に若い英国人夫妻あり。今北京を拠点にした平和友好の旗手、私は思わず、思いっきり力強く握手をしてきた。

（③　'16・8）

吉冨勝子さんからの絵手紙
（誕生日のプレゼント）

平和

八月は「平和」を考える時空だ。昭和20年の6日と9日原爆が広島と長崎に落とされた後、11日はわが母校加治木高校（当時は旧制中学）で15人の若者が戦死した。毎年慰霊祭が行われている。恒久平和はみんなの願いだ。

喜寿に達してみると、身辺から身近な人たちが続々と他界されてゆく現実に身がひきしまる。正月以来数えてみると約20人、中には百歳の大台に乗られ「偉大なる父（母）、天寿を全うしました。」と別れの言葉を発せられる御遺族もおられるが、親を思い慕う子や孫の心情は故人への感謝や惜別と共に、時代への怒りを超えた「恒久平和」への願いが読みとれる。

少し古い記録を辿っていたら、教育哲学者・稲富栄次郎博士が世界に向かって呼びかけられた「世界は一つ、教育は一つ」One and only education for only one world. という標語がよみがえってきた。

先に紹介したWEFインド大会での基調講演(リチャードソン氏)を要約すれば「より充実した生活のための教育には地球という観点からアプローチしなければならない。しかし、世界には封建的面が多く、急速な変化は期待できぬ」と。

六年後の一九八二年夏、ソウル大会に日本からも75名参加したが、開会式祝辞の中で韓国文教部長官李奎浩氏は、「もしも一つの国が、侵略戦争という過去の愚行を正当化しようとするなら、このことは時代錯誤的行為になるばかりでなく、教育者の良心により決して受け容れられることはありません。教育者は相互理解と協力により平和の灯を高くかかげることを至上の義務のひとつと考えることを銘記しなければなりません。」と述べた。

相互理解と平和の実現という国際社会共通の目的を達成するために隣国の動きを批判する立場で発言されていたことを感知した。そんな日から早や三十余年、世界平和は一朝一夕に出来上るものではないとあきらめがちな昨今だが、地球市民をめざすならば、自国の立場のみにこだわりすぎることは黄信号なのだと思いはじめた清純な若き日を回想する。

今夏はリオ五輪、新訂世界地図帳(平凡社)によると、ブラジルは面積人口共に世界で五番目だ。総人口では中国13億、インド12億、USA3億、インドネシア2億人に続いてブラジルが5番目、日本は十番目となる。私たちが訪問した頃のインドは6億人だったのに大丈夫かナァ。

(② '16・9)

溝辺町の陵北から望む高千穂

祖父

修身斉家治国平天下といわれるが、一番難しい領域は斉家だと思うことがある。人間社会では昔から井戸端会議が大事にされた。随処で集まる文化サロン、分野を越えて声かけあう隣人の集い、全世代を巻き込む家庭や里びと・親族、クラス仲間の励ましあい、それらはやがて国境を越え時代を超えて見つめあう地球市民の世界を築く。一人ひとりの幸せを心から願い讃えあう時空こそ生涯学習の拠点となるであろう。

十月四日、霧島市主催の合同金婚式に私たちも招待状をいただいた。まわりを見わたすと、母子家庭や老老介護で難儀されている御家庭も目につく。何となく申しわけない気持になるが、自分が今、人生のシニア時代に立ってみる時、まずは長生きしたことを神仏に感謝し、祖父たちに金婚の報告をしなければと思う。

私の祖父・十太郎は、二十代の明治3年5月、小牧昌言撰で實名「長明」を付与された。証文には「拋所長者心之所明之語」と添えてある。祖母はタケ、孫は55人を数えるが、平成28年の生存者はわずか5名だ。DNAを共有するいとこというのに声かけあえる者は僅数に留まる。それでも無き祖父母から見れば皆可愛い孫軍団なのだ。十太郎は40代で逝去したため、私の父は幼い頃母子家庭で育った。子や孫に格別の優しさを示してくれた遠因はそこにあったのかも知れぬ。

七月、従姉の湯川ミツエさんが百一歳で天寿を全うされた。私はわが家に保存されている「長明」の命名証をカラーコピーして親族関係図と一緒に故人の御霊前に捧げる。同じ浄土真宗なので喪主にお許しを得て読経もさせてもらった。母米寿祝には当時74歳で参列された姪、今の私より若かったわけだが、母亡き後は、語り合う機会もつくらないまゝ今生の別れとなってしまった。「祖父に代わって長生きされたのでしょうね」、釋永満と刻した白木の御位牌を前に、喪主からしみじみと従姉の人生を伝えてもらった。因みに「父母は50日、従兄弟姉妹は3日」と服忌表には示してある。

核家族単位で幸せを求めがちな昨今、大家族における孫同志のつきあいはきわめて出来にくい。でも私は思うのだ。祖父母の気持を察して孫同士も心通わす努力を続けたいものだと。後世の子孫が相互敬愛しあう姿は尊い、母の遺訓である。

（④ '16・10）

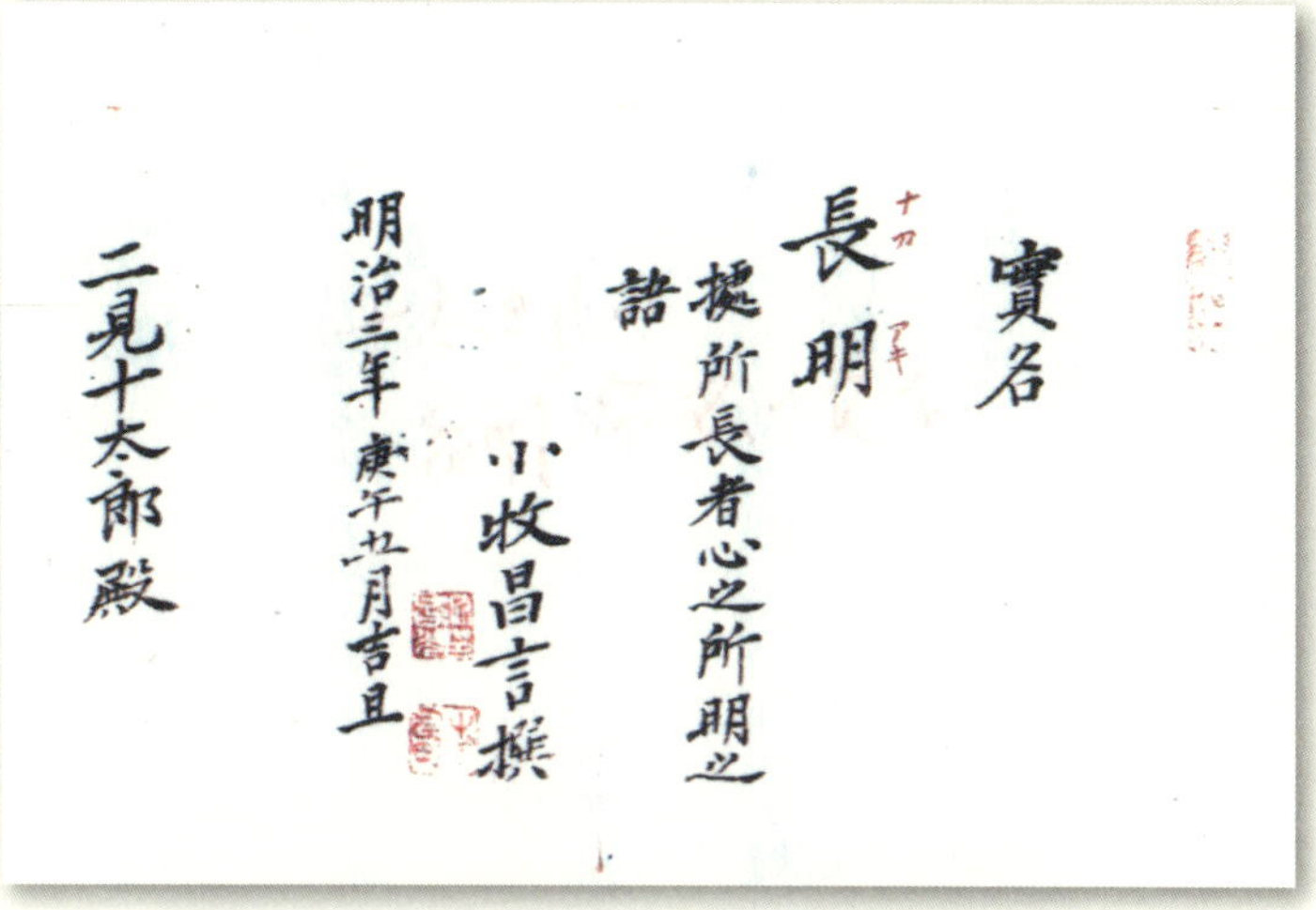

實名

長《ナカ》明《アキ》

擬所長者心之所明之

諸

小牧昌言撰

明治三年庚午九月吉旦

二見十太郎殿

家族写真ー源吾・サトの子どもたち（昭和12年4月　照国神社）

右端　祖母タケと長男快雄（大正年間）

左端　末っ子・剛史、100日目（昭和14年）

祖母

秋は心深き季節、空の広さに比べて海の深さ、やさしい心を培うためには両方とも必要だろう。こんな歌ができた。

陽《ひ》も水も森につながる山里の野に咲く花を手折る人々

彼岸花にも赤白黄がある。場所や時期により開花は異なるが、ことしも九月十月、毎週のように花外交を楽しんだ。母が一人暮らしの頃は足の踏み場もない庭に色々な花が咲いていたが、Uターン直後、門を拡げ駐車スペースにしたため、球根類は土手や道の脇々に。しかし、彼岸花は下草刈りをすれば時期を違えず顔を出す。一昔前は赤系一色だったのに今はチューリップの歌と同じ。私は三色揃えて花束とし社交の具に用いる。天に向かって咲きほこっている様は菓子折れよりも喜んでくださる。近所づきあいにもってこいだ。

喜寿や金婚を祝って小宴が重なる中で気付いたことがある。子どもにとってのふるさとは二ヶ所以上、つまり父方と母方それぞれに交流する親せきや仲間は違うのだ。私一家の場合、鹿児島と福岡のＤＮＡが交叉するが、孫の代になると岩手や広島も加わり、さらに従兄弟姉妹に目を注ぐと全国はおろか国境を越えた数々のＤＮＡがファミリーに加わってくる。

先般、喜寿記念に『地球市民の旅日記』を纏めた。タテ書きをヨコ書きに統一して読み易くする。印刷所に相談したら簡単に「転換」ができてほっと一息。いのち短い花に比べて文字や写真を刻み込む小冊子は新しいタイプの社交道具かも知れぬ。たまにサインを求められる。

祖母の名は二見タケと野元イン、末っ子育ちの私は一度もお会いしたことのない先祖様だが、母の実家で代々受継がれてきた祖母たちのやさしいもてなしが潤滑油となって根づいている。伯叔父母から受けた励まし、愛情の源泉は祖母の心を伝えてくれる父や母のやさしさに共通していた。祖母の実家では二見忠・のり子夫妻、母の実家では野元健至・勝子夫妻が一族をもてなしてくださった。勝子さんは集落で民生委員もつとめられた。他家に嫁がれた従姉・玉利礼子さん(旧姓二見)の存在も私にとっては実に大きい。

幼少期、父祖の地に疎開したわが家は父母他界後分散しつゝあるも、やさしい心の通いあう仲間づくりは永遠に続く。異文化を認めあい異年齢を超えた全方位外交で「地球市民」のように、広く深く生きてゆかねばと、あらためて父母に誓う。みんな仲良く励ましあって生きてゆきたいものである。

２０１６年11月20日、静岡県掛川市で松本亀次郎生誕百五十年記念の国際シンポジウム「生きた軌跡に学ぶ」が開かれ私もパネリストを指命された。久々の上京で交流の輪を広げたいと心が弾む。

松本翁のご親族は互いに敬愛の心をお持ちである。私もまるで昔からの親せきであったような気持だ。

（⑤　'16・11）

溝辺の前玉神社

真心

霜月師走に入ると冠雪の風景が目に浮かぶ。年の瀬にふさわしい2字を考えているうちに「仁心」や「真心」が湧いてきた。富士霊園に眠る平塚益徳先生の墓碑銘「一以貫之」の一とは何を意味するのだろう。論語を繙《ひもと》くと「吾道」を冠《かぶ》せてあるが、一生を貫かれた目標の背景を探すと、それは恩師が日頃口にしておられた「心を込めて」にゆきつくようだ。ＮＨＫ「べっぴんさん」に登場する四つ葉のクローバーから2字を求めてみると「勇気」が出てくる。幸せな社会を築くには勇気が必要なのだと理解した。信頼・愛情・希望等々の上に「真」を加えると真実の世界が現れてくる。口や耳だけの世界ではなく、五官十色を統合する唯我の境地に到達したいものだ。真心がやさしく通いあう家族や友人を多く持つことの大切さを思う。

真善美を具体的に表現すれば、学問・道徳・芸術になるという。政治学や経済学の目標にも真実の境地がある筈《はず》だが、一般庶民が心底感じとれない学理が残存するとなれば悲しいことだ。私が選んだ教育学という研究分野では人文自然社会の諸科学を総合的・立体的に把えるように導かれた。恩師はdedicationの精神で私たちを啓発された。献身と訳すべきや。世界平和や環境保全がその目標にあり、遠く近く社会貢献の道が見えてくる。何事にも真心をこめて、真実の真を追い続ける真摯な人生修行こそ、理論と実践の調和に導くための捷径であろう。

地球全体の現況を概観すれば、今はまだ混とんの世界、少しの油断も許されないような気がする。しかし、この半世紀を回顧するとき、日本では例えば新幹線が九州と北海道を貫通したように、世界の各地で平和ゾーンが続々と形成されつゝある。国民文化祭が地域間交流の推進に寄与し、オリンピックが世界を繋いでゆく。戦後世代の私たちは強さと優しさを発揮して下さった先輩たちのおかげで自由に伸々と地球上をかけまわることが可能となっている。

一研究者としてライフワークの対象にさせてもらった静岡県出身の教育家で人格者・松本亀次郎翁を世直しのモデルにしたいと、11月20日に私は掛川市まで行ってきた。「日中の道、天命なり」のアドバルーンをあげた国際シンポジウムには約二百五十人が集まっていた。

さらに予定では、今年(平成29年)の11月13日静岡県と浙江省友好提携35周年記念式典参列のため松本亀次郎研究者の一人として私も同行することになった。天津の周恩来鄧穎超紀念館は2回目の訪問となる。鹿児島県在住の私も静岡県の方々と一緒に行動することになるわけだが、日本人を代表しての訪中の機会、これも地球市民の仲間づくりなのだと思うと胸がワクワクする。とても有難いことである。

(⑥ '16・12)

二見剛史・林繁潔・矢吹晋・鷲山恭彦・劉揚

白水

故郷《ふるさと》に大学新設という朗報を得、喜び勇んでUターンしたのが一九八〇年春、爾来30余年、早くも喜寿金婚を辿り、落着いた日々に変わっている。昨秋は佳きことの連続だった。『地球市民の旅日記』『日中の道天命なり―松本亀次郎研究』を出版、国際教育に関心を持つ方々とも交流できた。松本顕彰会の鷲山恭彦会長のホームグランド掛川市に招かれ、友好を深めると共に、顕彰の極意は何かについて学ぶことができた。

師走には妻(二見朱實)が長年主宰している絵手紙塾のお弟子さん達から金婚祝に指宿白水館宿泊券を拝領し薩摩伝承館も入念に見学したが、白と水を重ねて「泉」、コンコンと湧き出ずる感動の心を味わう。顕彰哲学の世界に導かれる時空だった。

霧島市では、①道義高揚・豊かな心　②国際観光文化　③環境共生　④増健・食農育　⑤非核平和　の5柱を市の宣言に掲げて十年になる。私の「教育学」研究は自然・人文・社会の総合科学を目指すので、5宣言を重ねあわせた新哲学の創生が課題となる。南洲翁の墨跡「千秋不動一聲仁」は白水館や溝辺の西郷公園でも拝むことができる。地球市民的感覚で世界の現況をみるとき、青少年の志はもっと大きく逞ましくあってほしい！！と思う。相互敬愛、「恕」の精神を若き時代からしっかり体得し、世のため人のために献身ができる人生設計を立ててほしいと心から願う。

地球環境問題や世界平和の推進は私たちの世代に課せられた責任ではないだろうか。西郷さん顕彰の裏側で大久保さんの悪口を追っていくような歴史家の発言が気になるのは私だけではあるまい。

人間力の極意はやさしさだ。「至誠に生きた日本人」として静岡県出身の教師松本亀次郎を研究し、先年モラロジー研究所に応募したら入選の美酒に酔った。因みに、廣池学園の選考基準によると、よき国民性を発揮した人とは、①勤勉②正直　③克己　④親切　⑤利他　⑥謙虚といった徳目が備わっているかどうかだそうである。

不惑の齢は70代まで延びたと誰かいう。暮に届いた喪中葉書をみると、39通中、百歳以上４名、90代７名、80代12名となった。私の場合父79、母95だったが、戦争で母子家庭に育った友達の半生を想うと涙が止まらない。

（⑦　'17・1）

大政孝子さん（伊予）からの
絵手紙年賀状

安部禎子さん（出雲）からの
絵手紙年賀状

敬愛

エッセーに慣れ親しんで四半世紀、そのきっかけを下さった方は川涯利雄先生。国語学者として高い評価をさしあげたい教師である。四季折々に人間としての生き方を確かめたいという志を抱いて寄稿を続けた。作文を通して教育道を模索探究しながら真実の世界を求めた。時には修正を要求されることもあったが、『華《はな》』同人から励まされると嬉しいものだった。

還暦の折り、『華甲一滴』なるエッセー集を出版、高校の同期にはほゞ全員に贈呈したが、その中の一人Oさんから「戦後六年目の修学旅行記」はとても良く書けていたョ」とほめられ元気が出た日を思い出す。ルース台風あとの宮崎市へ一泊旅行。初日が子供の国と青島、二日目の見学先は宮崎神宮―平和ノ塔―測候所―放送局―中村園芸場だったらしい。バスは3人掛けとある。

二〇一七年の家族初詣は婿の出生地にある宮崎神宮、おみくじを引いたら何と大吉ではないか。「渦を巻く谷の小川の丸木橋渡る夕べのここちするかな」とある。学問の項には「安心して勉学せよ」と。境内は、新宿御苑や鹿児島神宮の森に似て博物館や護国神社などが見えかくれし、ぜんざいも美味しかった。森の奥にはノラトリが住みついているらしい。

宮崎市の建造物としては県庁舎と八紘一宇を刻んだ石の塔、妻も私も約六十年ぶりの再訪だった。宮崎出身で東京に住む親友に感動を込めて年頭電話。空は晴れ海風が頬を撫でる。でも、ベンチに腰かけている八十代後半のおばあさんから八紘塔建立当時の様子を拝聴し、戦争と平和についてしみじみと考えた。

昨秋は溝辺小中学校時代の恩師訪問をいくつか果たす。師は青年期に上京、東京の教育現場に立たれた方々、しばらく御無沙汰していたが、互いに再会を喜びあった。年あけて恩師から青森県産のりんごが一箱届いた。竹馬の友にも配る。

一月中の特記事項は霧島の名誉市民故小里貞利先生の市葬参列である。母校加治木高校の後輩として敬愛の念を抱いていただけに、人生を全うされた堂々たる生き方に改めて感動、心を込めて献花しわれも亦人生の良き締めくくりを誓う。

冬の或る日、フランクリン自伝の中に「十三の徳」を発見。節制・沈黙・規律・決断・倹約等々の二字熟語をしみじみと味わう。今世紀の徳目は何にしようかナ。

（⑧ '17・2）

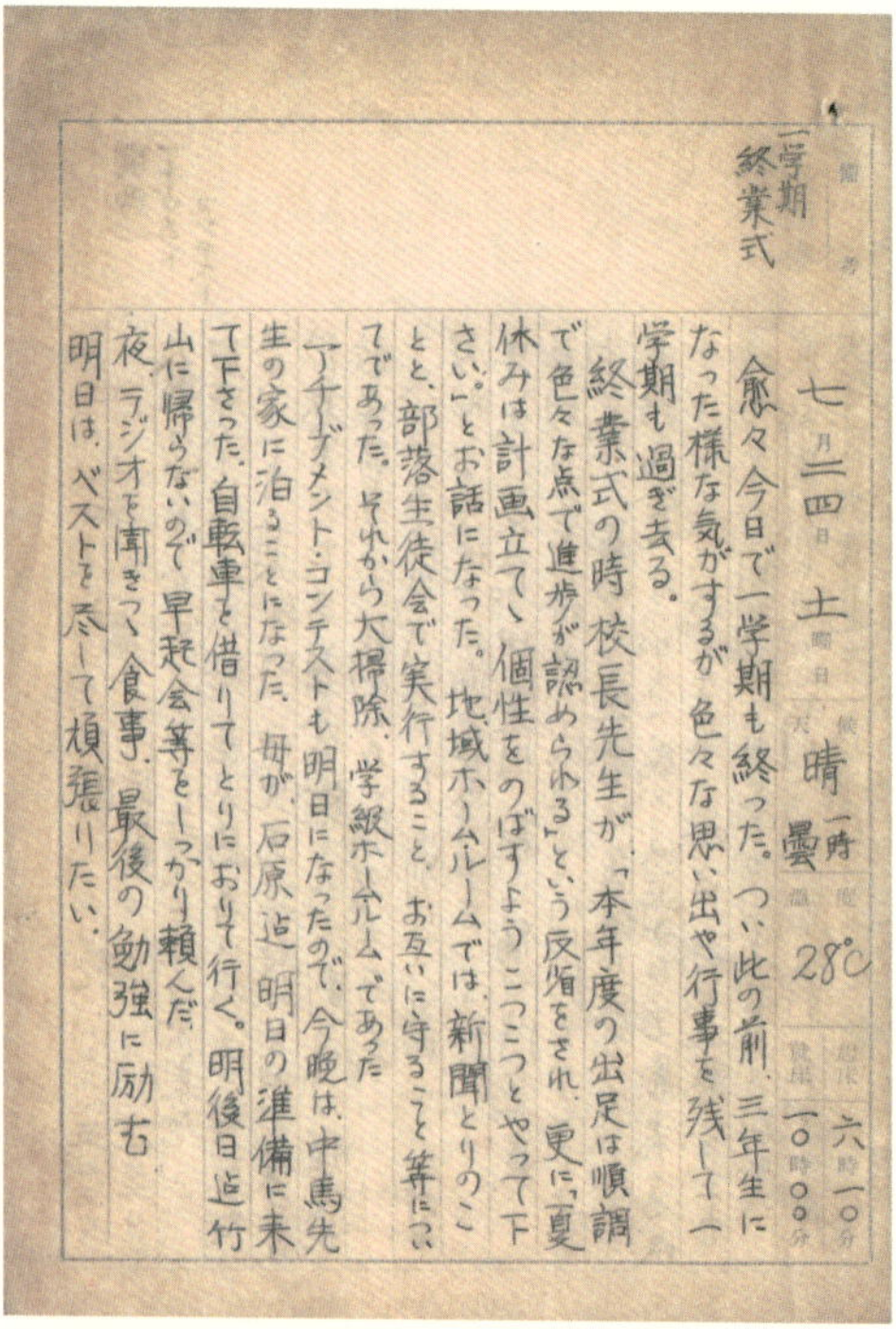

七月二四日 土曜日 天候 晴 一時曇 温度 28℃ 起床 六時一〇分 就床 一〇時〇〇分

備考 一学期終業式

愈々今日で一学期も終った。つい此の前、三年生になった様な気がするが 色々な思い出や行事を残して一学期も過ぎ去る。
　終業式の時 校長先生が「本年度の出足は順調で色々な点で進歩が認められる」という反省をされ、更に「夏休みは計画立て、個性をのばすよう こつこつとやって下さい。」とお話になった。地域ホームルームでは、新聞とりのことと、部落生徒会で実行すること、お互いに守ること等についてであった。それから大掃除、学級ホームルームであった
アチーブメント・コンテストも明日になったので、今晩は中馬先生の家に泊ることになった。母が「石原迄 明日の準備に来て下さった。自転車を借りてとりにおりて行く。明後日迄竹山に帰らないので 早起会等をしっかり頼んだ
夜、ラジオを聞きて、食事、最後の勉強に励む
明日は、ベストを尽して頑張りたい。

溝辺中時代（S29）の日記帳（二見剛史）より

感謝

二月号を手に取ると三月号の原稿が気になる。賀状は歳末の仕事だが、昨年暮は多少控え目に投函したため、元旦から返事書きに追われた。六十代元気な頃は約七百通を用意していたのに、今はその半分、長続きさせたい友にはやはり出さねばと思うが、逆に反応無しだと「元気なのかなあ」と心配になる。父母からは「親しき中にも礼儀あり」と教えられていたし、二見静雄叔父が溝辺局長だったので、私は少年期から手紙文化に関心を抱いていた。人間力も身につくといわれて育った。

こゝ十数年、わが家は絵手紙仲間の集合場所に変身、毎日平均三〇通ほどの束が届き、そのおこぼれで私あての分も出る。全国絵手紙大会を宝山ホールや城山観光ホテルで開催した影響だろう。各地の情報や土産物まで届く。

たったの紙一枚だが、表裏いっぱいに描かれた絵や文が日常の幸せを伝えてくれる。まるで生涯学習社会の文化祭切符みたいだ。タケノコ掘りを楽しんだ小学生(福永雅人)から「孫の心を掘りあてたおじいちゃん」を添えた絵手紙に、家族愛がじーんときた。毎春、兄弟つれだって田植えにやってくる。初孫(福場優太)は早くも大学生、農学部で青春の真只中、北海道研修も予定。

「おじいちゃんは、いつも文化文化と口にするけど、本物の文化は衣食住が程よく揃った状態をいうんじゃないの」と中学生の孫がそっと教えてくれた。絵手紙文化の奥義になりそうである。

春の農作業は溝コシタエと田起こしに始まる。村の長老は83歳まで農耕を続行されたが、私もそのあたりを目標にして「もうちょいと」の気分で田畑に入る。昨秋は新米を1キロずつ袋に入れ、高齢者を中心に隣り近所約50軒に配った。このことを竹子農塾主宰の萬田正治さんに話したらすごくほめられた。

「この一粒のお米は天地一切の恵み、父母のご恩に感謝していただきまーす。」母校溝辺小学校3、4年生時の担任・重森昭典先生から教わったことを私たちはいつまでも忘れない。いや忘れてはならない言葉と思う。卒業後、私たちは竹馬の友(沼口博美君や野間勇君)と連れ立って、大阪で新聞記者に転身された恩師を訪問した。

かつて有馬四郎溝辺町長が「石垣風景を上手に保存しながら集落で観光農園をつくったら、先祖様もお喜びになるかも知れませんね」と言われたことがある。

(⑨ '17・3)

樋脇佐愛子さん（鹿屋市）からの絵手紙

溝辺ふるさと祭りで表彰を受ける母サト85歳（S57）

開花

あたたかなものから食べる寒さかな

ＮＨＫ俳句　年間大賞で正木ゆう子選の句、秋田律子さんの作である。初午祭に続いて初市、さらに鹿児島マラソン、ふるさとの春はリフレッシュの雰囲気だ。

二〇一七年三月九日、ヒルトン大阪「真珠の間」で竹門会奨学生の卒業歓送会があり、竹中育英会１期ＯＢの私も招待を受けた。全国の若者にどんなことを語ろうかナァ。桜島大根を食べながらあれこれ考えつゝ草刈り作業にも精出す毎日である。

白梅に河津桜の赤を組み合わせ知人や母校へ届け、墓参りにも持参した。酉歳の梅干しは保存がいいと姉（伴康子）から教わる。今年も五月末になったら絵手紙仲間や親戚たちに梅ちぎりを手伝っていただこうかナ。農村風景を楽しんでいると、弾道ミサイルで国威発揚を目ざす国の人々とも環境問題や平和についてじっくり語りあってみたい気持ちになる。西郷さんもそんな心持ちだったのではないだろうか。

春夏秋冬があるように、ライフステージにも青春から玄冬まで加齢の日月が重なる。今、周囲を見わたすと、戦後育ちの我々も喜寿に達し社会全体の幸せを生き甲斐とするシニア時代に入ったようだ。

この半世紀、生涯学習社会が実現、いつでもどこでも誰でも人生設計、自己達成が叶えられそうな世の中になりつゝある。戦時中さらに敗戦直後に育てられた七八十代は、今までの勉強体験不足を補うために余暇善用の生活に励んでいる。

古い諺に「衣食足りて礼節を知る」とあるが、円熟された諸先輩に見習って、少しでもバランスのとれたやさしい人にだれしもなりたいと思う。そのためには先人からよき事を学び、感謝の誠を捧げることが肝心だろう。

私が若い世代に望みたいのは、全自然全世界に対する敬愛の念を抱くことだ。国際児童年(一九七四)のスローガン「わが子への愛を世界のどの子にも」を思い出し実践してみようではないか。

いよいよ新学期、桜満開の好時節である。みそめ館オープンの時招致した「わらび座」の里・秋田県で、この五月末行われる第32回絵手紙全国大会には鹿児島県から43名が参加し交流を深めてくる。宝暦治水(平田靭負)ゆかりの薩摩義士顕彰活動では東海関西方面の方々との交流が毎年楽しみだ。若草が生え、心の花が各地で開く春がきた。

(⑩　'17・4)

本京子さんから舞い込んだ絵手紙〔H29.9.21〕
（上床利秋先生の彫刻を見て）

初心

天降川　千本松の　春植樹

「しらさぎ橋」渡り初めの朝、雨の中を天降川の土手に松の植樹、薩摩義士顕彰の仲間とご一緒に私も鍬入れをさせて頂いた。この句は『モシターン』二百号達成記念展への賛意である。

イベントは四月二日、国分高校サイエンス部《クラブ》の新鮮な発表を皮切りに、新東晃一・中村明蔵両氏の講演、故伊地知南氏渾身の原作「隼人の乱」の朗読劇も見事。彫刻や文学や絵手紙、向花人形や著作等のコーナーも賑わっていた。圧巻は北斗南舟氏の現代錦絵「西南の役五十三景」。

霧島情報誌の多彩な内容が多目的ホールに花開いた感じ。高田肥文教育長は終始見守っておられた。「おひさま」グループの地蔵原勇さん曰く「これが二見さんたちが提唱している霧島アカデミーの姿じゃないですか」。うれしい講評だ。MCTの山口馨会長や進行堂の赤塚恒久社長に大拍手、会場は終日笑顔につつまれた。

三月四月は地域と学校の接点を考える時空。小中高大それぞれにユニークな試みがあり、体験実習を味わう気分である。龍桜高校では男女混合名簿に興味をそそられた。志學館大では学長式辞の中に「中山間地域」の振興があり敬意を表した。

私の所属している世界新教育学会では「地球市民の育成」を実現目標にする。国際情勢は一喜一憂の昨今だが、若き日PTA活動の中で教わった「わが子への愛を世界のどの子にも」のスローガンに照合する時、21世紀の課題はユニバーサルな教養・人間力を身につけた市民を育てる教育が大事なのだと心から思う。

戦前生まれで戦後育ちの私たち、恩師先輩から教わった生活の知恵を再確認しながら、次代のために最後の社会貢献をしたいと願う。皆仲良く頑張ろうねぇ。

先日今吉孝夫編『黒川浜の朝ぼらけ』なる冊子を入手、苦難の変動期を生き抜き、心にも体にも大きな傷を残された先輩たちの心情をしみじみと味わった。私の初心も「平和日本の建設」だったと言えるかも知れぬ。「りりしい少年になりたい」と思っていた。

西郷軍が城山帰還される明治10年8月31日通過の竹山・高松坂を九年間山坂達者をした思い出がよぎる。西郷さんは現代そして未来をどう見詰めておられるか。溝辺の西郷公園にはうれしいことに今日も全国から観光客が見えている。

（⑪　'17・5）

薗田智美子さんから

豊廣良子さんから

西郷さんへの絵手紙

田園

緑の風がさわやかに垣根にも春の花が顔をのぞかせている。高1の教科書に、Spring has come. とあった遠き日を思い出す。あれから半世紀、わが家は今夫婦揃って白内障、手術のため今年のGWは遠出を避けた。一方、孫たちは8人乗りで出雲大社や鳥取砂丘へ、大学生の初孫は農業実習に北海道へ元気よく出かけた。

かつて義父母が「子らは皆それぞれの道……」と詠んでいたのを思い出す。一般に四十代は週、五十代は月というから、年齢に応じて加速度化していく時間の受け取りかたに従えば、七十代は年単位で人生設計をしたらいいのだろうか。

目の手術を四月と決めたのは〝汗ばむ季節〟を避けたからである。名医のアドバイスでしばらく草むらに出入りするのを止めた。すると五月中旬で草ぼうぼう、隣近所の田んぼには早くも白《しら》サギが遊んでいるというのに、何だか先祖様に申しわけない。「田植え準備はきちんとするからね。」

眼科は国分平野のど真中にあるが、周りはピンクのれんげに白いツバナが手を揃えおじぎをしている。Uターン後、米つくりの大切さ、面白さを実地で学んだせいか、都市化現象の中でも水や土の有難さを考える習性が自然と甦ってきた。

溝辺空港から有川・辺川・山田・蒲生を通って伊集院方面に走る県道40号線が整備され快適なドライブコースが出来た。竹山ダム下流には用水路組合「辺川やまびこ倶楽部」を名乗り行政の支援もいただいている。会員20軒の集団が静かに稲作を楽しんでいる。こゝは市境を接する中山間地域、私も平成27・28年度の会計係をつとめた。年一回の総会ではサバの缶詰を土産にする。農村は今、親が田舎を守り、子たちが都会で稼ぎ農繁期に帰省する。

少しだけ同心円的生活感覚に照合すれば、地球全体への気配りになろうか。

十三塚原公園

鷹屋神社

五月八日は世界赤十字デー、スイスのアンリ・デュナンが北イタリアでの悲惨な戦いを目撃して創設を決意したらしい。白地に十字の旗じるし、中立と博愛のジュネーヴ条約は一八六四年に調印された。

日本の福祉看護行政も昨今急速に好転している。シニアたちに対する若い世代の感覚も健全に育ってきたような気がする。みんなで感謝しあいながら美しい国土を守ってゆこうと思い始めたのだろう。

All for One, One for All.

（⑫　'17・6）

長老

五月末の或る夜、村の長老から電話。「おハンナ病気じゃなかとや。田ンボワ草ボウボウジャガ。モイッキ用水路ィ水入《ミズ》ルッデナァ。おハンヤドントモカカジッテタド……」と。召兵で戦地に征かれ戦後は専業農家の長男として大家族を支えてこられた山口美好《みよし》さん93歳。西郷サァのようながっしりした体格と優しい思いやりの持ち主だ。翌日、私は土手の草刈りを済ませ御礼に参上した。1回目の代《しろ》かきも愛用のトラックターでさあっと加勢して下さった。2回目は耕作者の私がクボタの小型機「土の進」で仕上げた。

昭和20年夏、鹿児島大空襲で父の会社も全焼し一家疎開、下3人を養うため父母は必死で働いてくれた。その後、私は就職、下の子が小3の時東京からUターン、当時母は83歳の独居生活だった。小作の田畑を返してもらい、孫の体験学習にもなろうかと農業を再開、今年35年目の田植えだった。

長老の善意に私は日本人魂を感じた。隣人愛は美しい。後輩思いの心はダイヤモンドの輝きだ。翁は毎年「ヨカ田ガデケタガ」と言葉をかけて下さる。まるで天空から先祖様が手を振っておられるような敬虔な気持ちになる。田植えは隣集落の前村勝男さんの機械植え、婿や孫たちが補植えを手伝った。

本業の研究面では、この春、英語学者の後輩下笠徳次君と組んで共著を出版し母校に献上した。「地球市民の旅日記」を題材とする比較教育学である。先日、高校での同期・六反洋子さんから『記憶の絵文集』(桂書房)を勧められ、今味読中だが、平成の美しい田園風景を見ると「農村文化論」を追求したくなる。かつて隼人町からのお誘いで渡仏、農村ウイイで泊搧生さん・岩橋恵子さんたちとぶどう狩りを楽しんだことがある。Merci beaucoupの世界だった。

中学生の頃、農村振興について友と語り合ったのをひそかに思い起こす。絵手紙仲間の題材は「西郷どんブーム」、本誌六月号で川村智子選・中島真里子女史は「来年はモテモテごあんど」と大河ドラマを待望しておられた。九月下旬には原口泉さんや宮下亮善さんや高岡修さんたちが「官軍薩軍恩讐を越えて」の歴史検証をするそうだ。9年間通った林道を西郷サァ達が通られたのは明治10年8月31日朝方と伝わる。島津斉彬公に認められたきっかけは「農村振興」策と伝わる。西郷どんの願いを受継ぐのは私たちなのだョ。

平田信芳先生の音頭で、平成20年「薩軍城山帰還路調査会」をつくった。その契機は内山憲一さんの報告「薩軍退路一百里を歩いて」である。南日本新聞(H19・9・25～9・29)には5回シリーズで、『敬天愛人』第26号(H20・9・24)や『地名研究会報』第99号(H20・3・2)にも掲載されている。上野尭史、米原正晃、川野雄一の各氏と私も協力して『城山帰還最後の四日間』の調査をまとめ南方新社から出版したが、西郷どんの心情はどんなであったろうと思う。　(⑬　'17・7)

久保徹雄さんからの絵手紙、誕生日祝いにいたゞきました。

自然

今年のビワは大豊作だった。農家の庭先には果樹類が育っているが、猿害に出くわすこともなく、初夏の味を楽しめた。最近は宅急便で送ると、北海道でも二日後には「ふるさとの味はいいね」と電話がくる。絵手紙を読むのもうれしい。

ビワたちは人間サマの口に入ったとき天寿を全うした心地になるのかナァ。わが家は昔からの大木が2本。毎年田植え時のおやつ代わりに重宝されるビワだが、豊作の年はてっぺんに実を残したまゝ自然に返すことが多い。「もったいない」と思うのは人間サマの勝手な言い方かも知れぬ。鳥や虫たちも食べたいだろう。丁度、食後の残飯等を肥料に変え、田畑に還元するように、自然の摂理がスムースにゆけば、人間としてもホッとした気持ちになるではないか。

シニアは年金生活に入ると収入半減、だが、自由な時間は倍増する。別段趣味も持ち合わせていない私はこの十年本づくりに心がけてきた。妻に誘われて俳句の吟行へも時折出かける。有楽の仲間づくりで学ぶことは多い。天地人を意識しながら心を磨く。ほめたりほめられたり、生涯学習社会の生活は自然体が一番よい。大人のいじめあいはもうまっぴらだョ。

先般、横浜芸術大学で国際教育フォーラムが開催され、一年ぶりの再会を喜びあった。学会日程に「楽焼」体験やギャラリー見学(今回は環境問題)もあり、全国理事会ではスローガンの英訳をめぐって熱心な討論が行われた。古今東西の実践や理論を22世紀の文化向上のために位置づける仕事、そこでは新世界への夢や希望が先導する。玉川大出身の石橋哲成君からの便りには「二見先生が出席されると、理事会もフォーラムも活気づきます」と。彼とは青年時代からのお付き合いだ。

小原國芳先生からの贈り物（色紙）

旅先でハプニング、転倒して左手親指を骨折、救急車は初めてだった。一寸した油断で痛い目にあった。手術を受けながら、ふと、戦地で負傷した兵隊さんの気持ちを考える。

若き日、母校の大学では『教育と医学』と称する月刊誌を発行していたが、両者の総合を意図した学域だったのかなと今にして思う。早く傷口を治して田んぼや山にも入りたいと心は焦る。

先日、ようやく糸を抜いてもらった。例の茶目っ気で「イトおかしだね」と冗談言ったら病室で爆笑がおこったョ。

(⑭ '17・8)

合　歓

七月二十八日、北里大学の大村智《さとし》先生を霧島市に迎え、ノーベル賞の記念講演をみんなで拝聴した。人間は独創性と実行力を失いさえしなければ「旬《しゅん》の季節」が何度でもめぐってくると励まされた。この偉大なる国際的リーダーは人生80年を「たゆみなく」歩いておられた。研究室からは30名を越す大学教授が誕生している。

アインシュタインは1922年来日の折り「天がわれわれ人類に日本という国をつくってくれたことを神に感謝する」と言われたらしいが、大村先生の社会貢献は世界の誇りである。

コロンビア大学のカナダ・キャンパスには儒教思想の極意「仁義禮智信」が刻まれているが、「有徳の人物を尊敬し、他人に対して寛大であれ・・・」という義の解説も大村先生らしい。両親を敬い、ふるさと山梨県韮崎には美術館や温泉までつくられている。ご講演はユーモアに溢れ、地球市民かくあるべしと教えられた。

左手怪我のため夏場の農作業ができず先祖様には申しわけない生活だったが、すばらしい講演会や諸会合、県外研修等で連日多彩な出会いがあり、市民としての文化活動はかなり深められたようだ。

身近なところでは後輩たちがわが家に来て母校の来し方ゆく末を懇談したこと、実家の書庫に眠っていた新資料を発見、昭和29年の夏休みに敷根中でのジュニアレクリエーションで交流した様子とか、かいこ飼育観察記等々一昔前の農村生活・・・・その中で自分たちの少年時代を再現できた。今、後輩の一人・英語学者下笠徳次君から教えてもらったオックスフォードのモットウGladly learn, and gladly teachを唱えながら、次世代にも役立つ理論を自分なりに築いてみたくなった。

溝辺町竹子の高台から高千穂を望む

半世紀前、鹿児島国体の頃、道路筋にカンナを植栽しふるさとの美的環境を整えて県内外のお客様をもてなした歴史がある。今回はどんな準備が県内各地で計画されているのだろう。天降川新川渓谷ではかつて「ねむの木通り」をつくられたことを思い出す。広く全国各地を巡回すると、山辺や川辺にねむの木が自生し静かに立っている。下草刈りなど施せばドライブコースに花を添えるかも知れぬ。第一「合歓《ねむ》」という名前が実にいい。大空に向かって花を咲かせ、鳥や蝶が喜々として舞う風景は夏の風物詩だ。

（⑮　'17・9）

決心

中世遺跡「竹山城」の麓で育った私、集落から学校までは片道六粁の山間地、田園風景は昔のままだ。わが家は鹿児島市大空襲後溝辺村に疎開、持ち山の木を大工さんに半分あげる約束で新築した。

村の清潔検査では殆どの家が「優」評価、墓清掃は中学生の奉仕に任されていた。七夕飾りを競い合い、十五夜準備では小学生が藁《わら》集め、中学生が蔓《かずら》採り、青年団が綱編み、当日は弁当持参の「一心会」。綱引き後は角力大会、肝試《だめし》も行われた。集落には活気が満ちていた。

集団登下校の基礎は部落子ども会だ。随時夜学で自主学習に励む仲良し集団、西郷《せご》どんも通られた高松坂(タカマツノサカ)で用いる楫取《かじとり》車や鳥籠は手づくり、兎狩りやつけばり等々で遊んだ。田植えや稲刈り時期は学校も休暇になる。

夏休みの蚕《かいこ》飼いでは中学生も四分の一を分担している。

朝夕は牛馬豚鶏の世話や庭掃除水汲《みずくみ》風呂焚《たき》を手伝う。その延長で溝辺中には牛舎・水田・みかん園・大根畑があり農業当番も決められている。担任の野間猛夫先生は農業の精通者で皆が慕っていた。

昭和29年夏休みに姶良全郡のジュニアレクリエーションが敷根海岸で開催され宿泊楽習をしたが、その時、栗野や隼人国分の同年生は立派な体格で水泳も上手、――「ヨウシ、僕も身体を鍛えるゾウ」――と決心したのを思い出す。後日談だが、中村文夫先生の奥方、東国分中御出身の美智子様もご一緒だった由、『夏休みの友』に「薩摩義士の話」も出ていたというわけで、実家の書庫を探したら教科書や日記類が見つかり確認できた。

発表会では校歌を制定された学校もあり、溝辺中からは生徒会活動を報告する。母校は岡山秀樹校長先生のもと竹井昭志先生らの御指導を受け、生徒手帳

蔬菜品評会
並びに 即売会
おじさん おばさん
兄さん 姉さん
皆つれだっておいで下さい
正月用品にどうぞ
日時 12月20日（月）
午后9時より 即売会
場所 蒲江中学校
主催 蒲江中学校 生徒会

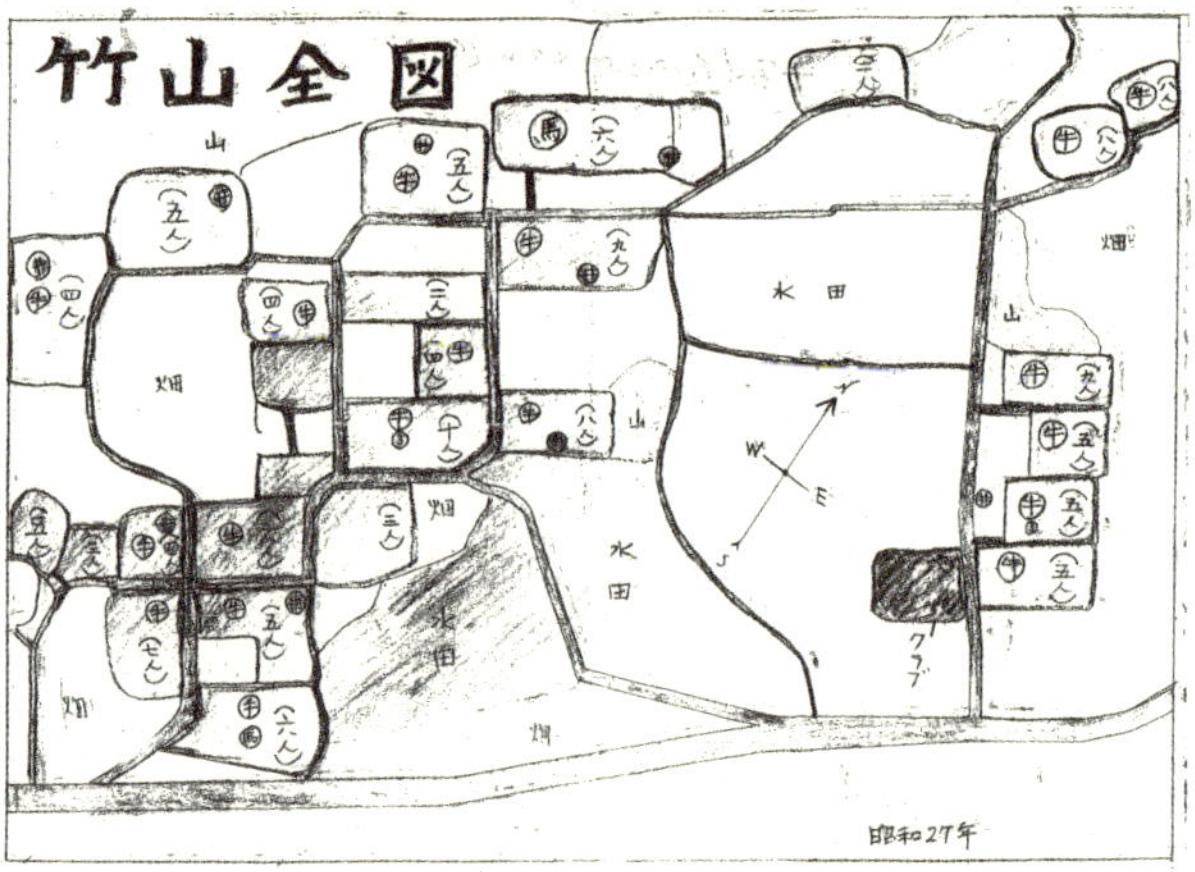
竹山全図
山
畑
水田
クラブ
昭和27年

の編集、運動会や学芸会のプログラムづくり、蔬菜品評会の企画等々……一級先輩たちの置土産「生徒会歌」募集では大山初子さんが当選されていた。

春の菜種《なたね》祭りも懐かしい。「溝辺小唄」の作詞・作曲者は冨岡秀盛・岩元立義両先生だ。国語や音楽の授業も楽しかった。中学校は村の最高学府、ふるさと文化の発信地だったような気がする。

平成29年九月二日、父の母校玉利・陵南小の創立140周年記念として「合同十五夜祭」が実施された。校歌制定は昭和16年らしい、プログラムには歴史映像や肝試などもあり、地域と学校の連携に深い感動を覚えた。

（⑯ '17・10）

『学び』里山文化の旅に出よう

私の理想とする世界は、田園都市的生活環境、いわゆる「里山」。そこには自然体を発揮できるゆとりがあり、庶民性が漲《みなぎ》っている。里山の心には、愛が、美が、そして学びがある。

日本人はつい先頃まで皆、里山人《びと》ではなかったか。時代を経て、回帰する里山文化との出会いの旅。家族の幸せを願い、集落の全世代が励まし合い喜び合い、さらに国境を越えて人類が心を通わせ、大自然の恵みに感動してゆく社会の建設、それこそが新世紀の目標、地方創生の極意でもあろうか。

新世紀の初め、我が人生の節目が還暦とも重なったので、『華甲一滴《かこういってき》』なるエッセー集を立田登先輩の鶴丸印刷から出版、「みぞべ文化叢書・第四巻」に位置付けた。母校加治木高校でＰＴＡ会長を指名されていた頃、川涯利雄先生主宰の『華《はな》』に魅せられ、同人として約10年間執筆に努力したのである。

そんな折、地域情報誌『モシターンきりしま』との出会いがあった。編集者は詩人で写真家の赤塚恒久氏。世は広域合併時代に突入したので、ふるさとの現状分析にも協力。『霧島山麓の文化』『霧島市の誕生』『霧島に生きる』、これらを〝霧島三部作〟とした。

続いて、文化論の内容を光・水・風に求めつゝ天地人の結晶体である森で仕上げた。池田弘先生主宰の『学び』にも投稿を重ねた。『永久に清水を』『みんなみの光と風』『源喜の森』『天地有情』と来て、喜寿記念出版『里山の心』に続けた次第である。

若い頃、喜寿は高く遠い山頂と思っていたのに、我も早やその年齢に達している。ふるさとに身を置いて文化を語り、実践を重ねるうち、目前に現れたテーマが「里山の心」となった。霧島市民憲章の一つ「道義高揚・豊かな心推進」の哲学を求めて努力したい70代の思索だ。

30代にインド哲学に魅せられたことがある。丸井浩氏の解説によると、ブッダが「最後の旅」に立たれたのは80歳だったと言う。庶民の旅はまだまだ続く。

（『学び』　65号　H28・7・1）

心やさしき人々

「揉まれねば　この味は出ぬ　新茶かな」を書き出しにした拙稿が掲載された『華』（川涯利雄先生主宰）。池田弘先生の『学び』と同じくクォータリーなので、エッセー集第1弾『華甲一滴』出版には約10年という歳月を要した。華・天・地・風・光・道に分け、文学論、家族や恩師への想い、地域への提言、文化論、国際社会を意識しての持論、教師論、からなる6部構成。「みぞべ文化叢書」第四巻に位置づけてもらった。

そんな日々から16年余、今は『学び』同人による仲間づくりに精出している。県内の文化誌は幾種類あるだろう。行政等の広報誌にも注目すべき論考が随所に見出せる。当面、私たちは『学び』を支えに、先達・先師・同志からの知恵で心を磨いてゆこう。

還暦から教えて17年目、早や喜寿金婚の秋《とき》を迎えた。先日は賑やかに心込もる家族宴を開いてくれて、生きるための「希望」がわいてきた。初孫はもう大学生である。

「日本では希望を持ちにくくなっていると聞きました。人生を信じられるようにしてくださいョ」とはウルグアイの元大統領ホセ・ムヒカ翁。東京外国語大学での講演内容を平成28年4月22日付『南日本新聞』が報道した。「社会全体のことに心を砕く。特に大学で学べるチャンスを得た人には大きな責任がある。チャンスを与えられなかった人、老人や小さな子供に対しての責任がある」とは氏の言。記事の見出しは「最も大きな貧困は孤独」と「世界を良くする意志持て」の2本柱。「人生で最も重要なことは勝利することではなく歩くこと。転ぶたびに起き上がることです」「皆さんもどうぞ、よく生きてくださいネ」と。

心やさしき人々は親子きょうだいのほかに、世界各地、しかも過去~未来を結んで無数におられることを自覚した喜寿の夏だった。

（『学び』 66号 H28・10・1）

地球市民の旅日記

〝虎は大草原を駆け、龍は天空に舞う〟自分たちも世界的視野に立てるような人間になりたい。高校生の頃そんな夢を描きながら机に向かっていた。因みに、母校の同窓会誌は『龍門』と名付けてある。

海音寺潮五郎大先輩の文学碑に「七十四」を見つけ、長年〝人生の目標〟にした年齢だが、早くも喜寿に達し、歳月の重みを感じている。人生は常にリセットだ。勝虫トンボに肖《あやか》って常に前進あるのみ、後退は許されない。エマーソンの言「汝自身を信ぜよ、あらゆる琴線、汝に共鳴せん」を唱え、力を込めて歩みたい。

うれしいことに２０１６年は多産の年だった。『里山の心』『地球市民の旅日記』『日中の道天命なり』等を著作にまとめた。次年度の計画には『龍門の志』、これは母校加治木の後輩・下笠徳次教授との共著である。世界的業績で高い評価を与えられている英語学者の論考13編に続いて「教育学から見えた世界」と題する拙稿13編（実は『旅日記』が下書きとなっている）を並べ、母校創立120周年の記念出版にする。山口県立大と志學館大で永年教壇に立った2人が何故か心通わせるようになり、気付いてみたら『龍門の志』を編集しはじめていた。

学徒の使命は研究の創造と普及にあると言われて久しい。21世紀を今生きている吾々が限りある人生の中で学びとったことや果たせなかった夢などを後世に伝えてゆきたいという感情が卒業後約60年、記念の共著となった。素晴らしい出会いであり絆である。

尚、『日中の道天命なり』は、戦前中国人留学生教育に心血を注いでいた教育家・松本亀次郎の顕彰記である。私のライフワークだ。

この秋（11月20日）静岡県掛川市の大東キャンパスで『生きた軌跡に学ぶ』国際シンポジウムが開催されるので、鹿児島からのささやかな贈物にしたくなり急ぎ出版した。

（『学び』　67号　H28・11・23）

師よ永しへに

北海道にいる竹馬の友(池田憲昭君)からイクラが2箱、東京の恩師(並木勇先生)宅からは青森産りんごが1箱届けられた。友の手紙には「懐かしいナァ。君のエッセーには具体的な地名や人名があるので思い出がどんどん湧いてくるヨ」と。

小さい集落ながら、同期生8、小中学生合わせて50人、晴れの日も雨の日も雪の日も、片道1里半の山道を9年間通った。西郷さあも通られた高松坂である。卒業後散り散りになり、全員揃うことは少ない。

好物のイクラは孫たちと正月に賞味した。りんごは亡き恩師を偲びながら近くの友にもお裾分け、やはり本物の味だった。

私たちの母校は溝辺村立溝辺中、1学年百数十名、先生方のお名前はしっかり覚えている。校長は当時30代後半の岡山秀樹先生だった。3年生の受験期、担任の中馬真俊先生宅に居候をしていた頃、私は校長先生宅で散髪や入浴をさせてもらった。その時お世話になった奥様が今97歳である。

新採で着任された並木勇先生からは社会科を教わったが、東京溝辺会にも参加していただき、私どもの還暦祝の時は遠路帰省され教え子たちを励ましてくださった。一昨年、先生が病床にあられると知り、私は上京しお見舞いをした。感動の再会だった。残念ながら、昨秋逝去されたが、奥様から先生の在りし日の思い出を伺い、懐かしさがこみあげてくる。

先日、わが家の庭から梅の枝を手折り、岡山クニ様宅を訪問させていただいた。「私たちにとりましても溝辺在職の頃が一番思い出深いですヨ」。A先生、B先生、C先生、○○君、○○さん…60年前を振り返りながら話は尽きない。「先生方も立派でしたが、奥様方が私たちに優しく接してくださったからですよ」。「いつまでも長生きして…奥様の百寿のお祝いを楽しみにしていますヨ」…

「仰げば尊し、わが師の恩」、私は今、母校で学校評議員を拝命しています。

（『学び』 68号 H29・3・1）

生涯学習社会の大学づくり

霧島のホテルでＪＡあいらによる恒例の支部懇親会が開かれ、会員の私たちも喜び勇んで出席、年金友の会メンバーらと楽しい時間を持った。

ＪＡあいらでは、①農業者の所得拡大　②農業生産の拡大　③地域の活性化　の三大目標を掲げている。ちなみに溝辺支部の地域は鹿児島空港周辺にひろがる畑作台地と、竹山ダム周辺の森や水田、仏教や山城ゆかりの地名を持つ村落が多い。住民は小中校区に赴任された先生方を尊敬し、人情もあつい。

上京していた頃、最勝寺良寛・文化協会長が東京溝辺会の私たちに「溝辺新時代」への夢を描くよう求められた。皆でお送りした理想像・設計図は会報に続々と掲載された。空と水をつないだ村づくりに参加できる思いは格別だった。爾来約半世紀!!

在京時の私は、仲間と大学史研究会を結成し、全国各地を舞台にセミナーを開いていた。新時代の大学は如何にあるべきか・・農村出身の私にはまばゆい程の光景だった。海外研修の際も、私の関心は大学の理想像であり、大学探訪に心がけた。

鹿児島女子大学（現＝志學館大学）に就任し、高校訪問も大学教育模索の清涼剤だった。大学史研究で学んだことは東洋と西洋で大学の成り立ちが違う点ーたとえば、アジアでは官僚養成が優先するが、ヨーロッパでは好学者が国境を越えて集まる知的集団（組合）を源流にしている。近代日本の場合、官尊民卑の伝統が今も生きている。百姓や女子に学問は不要か？（つい最近でもサイン・コサイン論がまかり通っている）。庶民全体に役立つ大学の在り方、農民サロンも真剣に考え直してみる「新時代」が到来しているのではないか。

生涯学習社会は、好学者たちが「いつでも、どこでも」学びの喜びを感じる大学が理想でありたい。大学史研究会は在職時の志學館大学でも開催を引受けている。私の持論は「市民みんなで創る文化的サロン」であるが、学会でもまだ承認されていない夢物語だ。

（『学び』　69号　H29・7・1）

「好学自励」のススメ

Gladly learn, and gladly teach!!　これはオックスフォード大学のモットーだという。学びは本来楽しいもの、まさしく生涯学習社会という新大学環境の目標となりそうだ。

実は、このたび英語学者の下笠徳次君(加治木高12期生・横川町向陽中出身)と組んで『龍門の志』と銘打つ論文集を出版、二人の母校・県立加高の創立百二十周年記念の著作に位置づけていただいた。

彼は広島大の桝井廸夫博士の門下生、英国Oxford出の若き講師を独占し、Englishの奥深さを教わったそうだ。今や欧米の主要大学等も研究の庭としながら東奔西走中、日本での肩書は山口県立大学名誉教授である。

下笠君の英語学と二見の世界教育行脚体験を組合せた論文集を出版すれば、新世紀への道が少しだけ開けるかも知れない。そんな期待を込め「学際化」への試みをした次第。私たちの予感では「高校から大学にかけての青春時代に後輩諸君も世の中を総合的に見ぬく力を養成したら良かろう。」「私たちの小さな体験を出し合ってみようか。」というわけで一寸生意気な言動に出たのである。合言葉「好学自励」を下笠君はwork hard, and encourage yourself!! と英訳した。nativeも賛同する。

東洋には「よく学び、よく遊べ」とか「来者の今に如かざるを知らんや（論語）」という教えがある。因みに「好学」は私が今非常勤を務める龍桜高の校訓にも刻まれている。又、「自励」は広辞苑に無い熟語だが、加高の先生が県立図書館まで行かれて確かめられたところ、或る辞典に記載されていた由、ともかく他人からではなく自身で自分を励ます努力、「七転八起」の精神こそ生涯学習社会にふさわしいと語り合う。

受験勉強も強化練習も人間関係も、ハードな中にソフトな、楽しさや喜こびを感じる生活の中で夫々の天分を磨いたらよいと思う。『龍門の志』（A4判・210頁）は母校の在学生と教職員全員にプレゼントした。

（『学び』　70号　H29・10・1）

森園美保子さんからの絵手紙

ふるさとの歌

(1) 溝辺町民歌
(2) 溝辺小唄
(3) みぞべの四季
(4) 溝辺中学校歌
(5) 溝辺中生徒会歌

溝辺町民歌

作詞　岩元喜吉
作曲　岩元　寛

一、
みどりの森よ　山陵の
嶺にひらける　エアポート
文化を運ぶ　ぎんよくに
ああ、青空の　幸をくむ
伸びゆく溝辺
わがふるさと

二、
上床やまの　若葉かげ
巣立つ小鳥の　生きいきと
あがるうたごえ高らかに
ああ、清新の　風がなる
育てむ溝辺
わがふるさと

三、
かがやく大地　噴く水に
勤労の意気　たくましく
豊かなみのり　築く手に
ああ、躍進の　明日をよぶ
興さむ溝辺
わがふるさと

みどりのもりー よ さー んりょう―― の みねに ひらける エアーポー ト
ぶんかを はーこぶ ぎんよーくーにー あああお ぞーらーの さちをく むのび
ゆくみぞ べ わ が ふるさ と

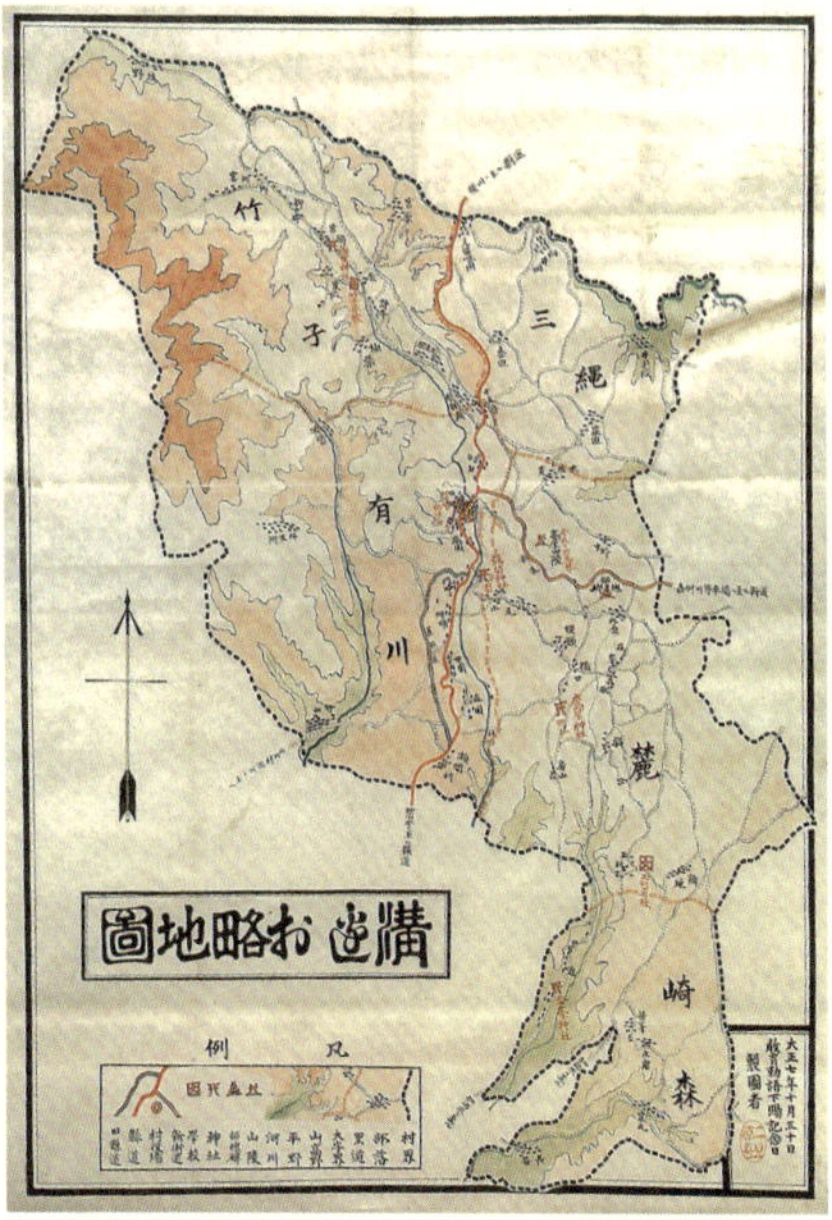
竹
子
有
川
三
縄
麓
崎
森
凡例

溝辺村地図（大正７年 二見源吾 製作）

溝辺小唄

作詞　冨岡秀盛
作曲　岩元立義
編曲　兼広晨史

一、溝辺よかとこさ　春風ふけばよ
村はなたねの花ざかり　サノ花ざかり
みんなみたかよ　あのなのはなに
むれる蝶々の仲のよさ　仲のよさ

二、溝辺よかとこさ　春雨ふればよ
しげる茶の芽の色のこさ　サノ色のこさ
すいな乙女が　摘みつつうたう
誰かよぶような茶摘唄　茶摘唄

三、溝辺よかとこさ　秋風ふけばよ
畠にころころ　さつまいもサノさつまいも
焼いて待とうか　ふかしてまとか
野良の帰りの主のため　主のため

四、溝辺よかとこさ　十三塚原によ
今は平和の風が吹く　サノ風が吹く
鐘は鳴るなる　希望の鐘が
溝辺興せと鐘が鳴る　鐘が鳴る

Vocal
Piano
みぞべ よ かとこサ はるか ぜふーけばよ
むらはなたねのはなざかり サノはなざかり
みんなみたかよーあのなのはーなーに
むれるちょうちょのーなかのよさなかのよーーさ

みぞべの四季

作詞　佐藤山人
作曲　兼広晨史

一、黒土の大地にのびる縞模様
その茶畑の陽炎を
ゆさぶりやまぬ　高屋太鼓よ

二、朝焼けの高千穂峰を真向かいに
大西郷はなに想う
現代を見つめる　その眼差しよ

三、たたずむは茂吉の歌碑の在りどころ
紅葉の山の肩越しに
世界をつなぐ　大空港よ

四、凩の竹山ダムにたくわえた
流れの末を見てあれば
郷土みぞべの　村おこしだよ

思いを込めて(郷土を思う)
1 くろーつちの だいちにのびる
2 あさーやけの たかちほみねの
3 たたーずむは もきちのかひの
4 こがーらしの たけやまダムに
しーまーもよう
まーむーかいに
あーりーどころ
たーくーわえた
そのーちゃばたけの かけーろうを
だいーきいこうは なにーおもう
もみーじのやまの かたーごしに
ながーれのすえを みてーあれば
ゆさぶりやまぬ ー たかーや ーだいこ よ
いまをみつめる ー そのーま ーなざし よ
せかいをつなぐ ー だいーく ーうこう よ
きょうどみぞべの ー むらーお ーこしだ よ

竹山ダム

（前奏は一段目又は五段目）

溝辺中学校校歌

作詞　蓑手重則
作曲　武田恵喜秀

一、高屋の山の陵を
朝な夕なに仰ぎつつ
希望はおどる学び舎に
真理の光　みちあふる
溝辺中学　誇りあれ

二、神割池の　水清く
若き生命をみがきつつ
団結かたき　旗のもと
友愛の花　さきかおる
溝辺中学　誉あれ

三、大空かける　若鷹の
高き理想をめざしつつ
正義の翼　はばたいて
若人の夢　明日を呼ぶ
溝辺中学　栄えあれ

溝辺中学校校歌

蓑手重則 作詞
武田恵喜秀 作曲

作曲　武《たけ》田《だ》恵《え》喜《き》秀《ひで》先生

明治40年10月12日生
鹿児島県第1師範学校本科1部卒業
文部省検定により中学校教員免許
（職歴）鹿児島県内の小学校訓導・鹿児島師範学校教諭・鹿児島大学教授を経て現鹿児島女子短期大学教授（鹿児島女子大学非常勤講師）
（研修・活動）文部省内地留学生として東京芸術大学で音楽研修、文部省海外派遣により欧米視察。鹿児島音楽連盟会長、NHK・MBC等各種音楽コンクールの審査員、ピアノリサイタル等演奏会の開催、作曲数は約250曲に及ぶ
（受賞）昭和46年　南日本文化賞（日本音楽教育協会）
昭和54年　県民表彰（鹿児島県）
昭和56年　MBC表彰（南日本放送）

作詞　蓑《みの》手《て》重則《しげのり》先生

明治44年5月3日生
東京文理科大学国語国文学科卒業
（職歴）日置郡湯田小学校訓導・岐阜県女子師範学校教諭・埼玉師範学校教授・鹿児島師範学校教授・鹿児島大学教授・鹿児島短期大学教授・鹿児島女子大学教授（昭和59年3月退職）
（著書）「文芸作品の主題の理解と指導」「国語科読解単元の研究と実践」「国語と教育」「国語教育言論」ほか。論文多数。校歌作詞は150を越える。
（受賞）昭和49年　第1回石井賞（全国大学国語教育学会）
昭和50年　第6回博報賞（博報児童教育振興会）
昭和52年　第28回南日本文化賞（南日本新聞社）

昭和22年4月1日　溝辺村立溝辺中学校設立認可。
昭和22年5月2日　溝辺小学校講堂において開校式（本校を溝辺小学校と青年学校に分散、分校を竹子小学校・玉利小学校におく。）
昭和23年9月10日　竹子分校を本校に合併。
昭和28年　生徒会歌制定　作詞　大山初子　作曲　岩元立義先生
昭和29年4月1日　玉利分校が玉利中学校として独立し竹子中学校を新設、1村3中学校となる。

昭和32年5月2日　創立十周年記念事業として校旗・校歌を制定。
作詞　蓑手重則先生　作曲　武田恵喜秀先生

昭和34年4月1日　町制施行、溝辺町立溝辺中学校と改称。
昭和43年4月1日　竹子中学校と統合、新溝辺中学校として発足
（10学級、生徒数406名、職員18名　外に町費3名）
昭和59年2月24日　作詞・作曲者をお招きして「校歌の由来をきく会」を開催。
昭和58年度　7学級、生徒数183名、職員15名（外に町費2名）
平成29年度　生徒会歌2番・3番制定　作詞　平成29年度生徒会
（3学級、生徒数90名、職員15名）

「校歌の由来をきく会」の記録

母校溝辺中学校に校歌が制定されたのは昭和三十二年五月二日、その頃は岡山秀樹校長の時代である。作詞者・蓑手重則先生は鹿児島師範学校在学時、岡山先生と同期生の間柄という。作曲者は武田恵喜秀先生、両人共、当時鹿児島大学助教授、若さ溢れる四十代であった。「真理の光・友愛の花・若人の夢」を核とするあの素晴らしいメロディーが、爾来われらが母校を支えてきたのである。

さて、昭和五十九年二月二十四日、中島清隆校長の時代に、「校歌の由来をきく会」が企画された。作詞・作曲の両先生を母校にお迎えして在校生たちにお話をしていただこうというわけである。当時ご両人は鹿児島大学を定年退職後実践学園に奉職されていた。すなわち、蓑手先生は鹿児島女子大学教授兼学生部長、武田先生は鹿児島女子短期大学教授兼鹿児島女子大学非常勤講師という肩書きである。私（二見）は昭和五十五年Uターン後子どもたち二人が母校に入学したこともあって、溝辺中校歌を口吟んでいた。歌詞もメロディーも本当に良く出来ており、入学式や運動会や卒業式のたびに耳にする母校の校歌は、在学中の思い出を甦らせ、親子二代を繋ぐ宝物となっていたのである。

同年一月三十日、中島校長が鹿児島女子大学に来られた。早速中村末男学長と蓑手重則教授にお引合せをし、蓑手研究室で「校歌の由来をきく会」の意図を説明され、了解を得て帰られた。さらに二月三日、出勤中の武田先生にもお引合せをすることができた。蓑手先生は串木野、武田先生は沖永良部島(和泊)のご出身、共に南日本文化賞の栄誉に輝かれている。国語と音楽の世界で鹿児島県いや全国を代表する文化人として万人の尊敬を受けておられる方々、そのお二人を溝辺中にお招きし、関係者を呼んで「校歌の由来」を拝聴するという中島プランに、私は卆業生の一人として、職場での後輩として、一も二もなく賛意を表したのであった。

中島校長の顔は輝きに満ちておられた。校歌制定後四半世紀の時点で作詞・作曲者を招いて、地域と学校の絆をつくる、歴代の校長やPTA会長、関係者各位にもお集まりいただいて、母校の歴史を語り、懇親を深めてもらう、というこのユニークな企画は、世界広しといえども簡単にできることではない、という意義を感じながら、私も中島校長に協力させてもらった。二月十三日の夕刻には母校の校長室で、二月十九日の夜はPTA会長宗像健氏宅にお伺いして、地域づくりの重要性を確認しつつ入念なプランが練られていった。その間に、校長の意向を受けて、母校創立時の状況、特に校章制定の由来も研究しようということになり、溝辺村青年学校関係者―石躍胤夫・野間猛夫先生ほか、卒業生―立田厚志・有村四郎・今吉正人・最勝寺良寛の各先輩ほかに問合せをしたり、前町長野村秀男氏宅を表敬訪問したりして情報収集に努力した。

二月二十四日は大安吉日、心地良い春日和であった。「若鷹の時間」に合わせて午後三時頃から講話を拝聴し、夕方から懇親会を、という日程が組まれた。中島校長直々のお迎えで蓑手先生ご来校（武田先生は病床にあり、事前に会のしおりを届けられたという。）来賓席に岡山秀樹先生以下歴代の教職員、ＰＴＡ（ＯＢ・現役）、教育委員会関係者ほかを迎え、溝辺中の全生徒・教職員が並んだ。中島校長から歓迎のご挨拶があり、私にも講師紹介の機会が与えられた。「大空にかける若鷹」と題するしおりには、校歌の歌詞・楽譜、校章に続き、両先生のプロフィルが写真入りで刻んであった。

いよいよ蓑手先生のお話が始まる。その内容を要約してみると、

○今までたくさんの校歌を作ってきたが、その由来をきく会に呼ばれたのは溝辺中学校が初めてである。

○溝辺には、学問での友人や教え子(二見忍・岩下豊先生ほか)がいるし、岡山校長とは鹿児島師範時代の同期生であった。

○作詞にあたり着目した場所は、高屋山上陵や金割池などである。

○柱とした言葉は「真理」「友愛」「夢(希望)」である。

○真理を極める所が学校で、その基本は心だから、広い考え方ができるように努めてほしい。

○友愛は自然の生命を感得するところから出てくる。自学自習、労働、スポーツ、芸術活動等を通して「人間愛」を育ててほしい。

○夢とは目標をもって怠け心を退けるために無くてはならぬもの、心の貧しい現代、勝手主義の世の中を改めるために夢を持ちたい。
○歌詞を完成させるためには、日数をかけて構想を練り、ねせ字を読み返し、一ヶ月位かけて作る。
○溝辺中の校歌は七五調、楽譜と共に、原作がしっかり保存されていることが肝要である。
○校歌は愛唱されることが大事、みんなで大いに歌ってほしい。
○校歌は学校教育上重要な問題、こゝに早く気付かれた溝辺中のこの企画は大変意義深いことである。
となるようだ。みんな物音立てず真剣に聞き入っていた。

最後に、在校生代表・ＰＴＡ代表からお礼の言葉があり、全員で溝辺中学校々歌を高らかに斉唱した。武田先生も「私が伴奏してあげますよ」と言われ、楽しみにしておられたのに、病気のためご欠席のやむなきに至り、誠に残念であった。

この後、蓑手先生および来賓の方々は社会教育課長の山口隆治氏の案内で県民の森を見学、夕刻に開場をコミュニティセンター大広間に移して約五十名の懇親会へつないだ。出会者の紹介があり謝辞と続く。榎薗髙雄教育長は、「この催しは学校教育の核心に迫る、全国的にも希有な、意義のある会で、大いに評価されねばなりません。溝辺をあげて、先生のお話を聞かせていただいた。・・・」と言われた。宴会の前に記念撮影(大人一平氏による)、座がはずみスピーチどころではなかった。二次会、三次会まで続いた。

※本稿は出張先(静岡県)で執筆し、母校に送付したが『五十年史』には間に合わず、そのままになっていた次第。このたび「七十年史」の一環に役立ててもらえることになりそうなので本書にも「余録」として収録する

〔文責・二見剛史〕

溝辺中学校生徒会歌

作詞（一番）大山初子
作詞（二・三番）平成二十九年度生徒会
作曲　岩元立義

一、山は招く　高屋の陵
仲良く笑顔で　僕たちは
手に手をとって　睦まじく
築き上げよう　生徒会
我ら溝辺の　中学生

二、神割池に　未来を映し
あいさつ　あふれる　学び舎に
団結かたく　絆深く
高め合おう　生徒会
我ら溝辺の　中学生

三、大空めがけ　翔びたつ若鷹
希望と夢を　胸に抱き
人に優しく　己に負けず
永遠に輝く　生徒会
我ら溝辺の　中学生

溝辺中学校生徒会歌

〈時代を超えた生徒会歌〉

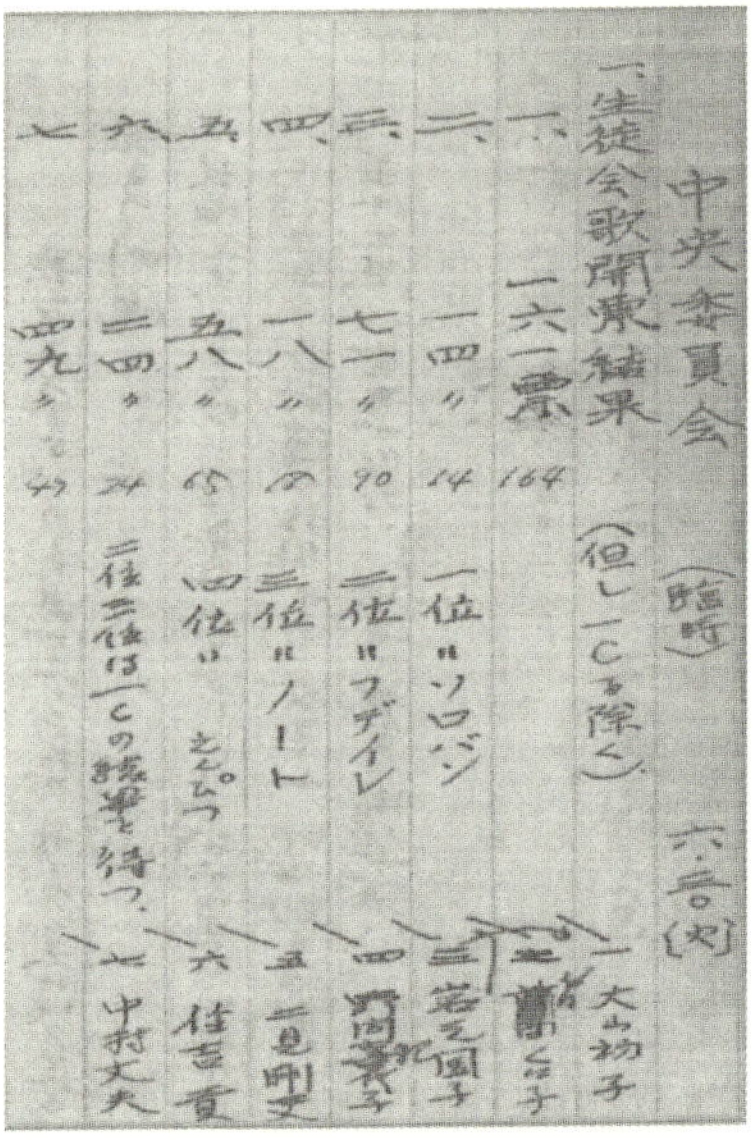
中央委員会（臨時）

一、生徒会歌開票結果（但し一Cを除く）

一、一六二票 164

二、一四〃 14 一位〃ソロバン

三、七一〃 90 二位〃フデイレ

四、一八〃 18 三位〃ノート

五、五八〃 65 四位〃 えんぴつ

六、二四〃 24 二位三位は一Cの結果を待つ

七、四九〃 47

大山初子

二見剛史

中村文夫

これは昭和28年度溝辺中学校生徒会の記録です。本校第8期生である二見剛史さん（当時中学二年生）の自筆ノートから抜粋しました。

当時、生徒会の歌を募集し、その投票結果について中央委員会（臨時）で報告されました。

大山初子さんの歌詞が第1位(161票)を得て、生徒会歌の歌詞が決まったようです。その年の体育大会開会式で「生徒会の歌」を歌っていることがプログラムにも記載されていました。

当時の生徒会役員が自主性と創造力を十分に発揮され、積極的に活動されていたことが伝わってくる貴重な資料です。溝辺中には校歌だけでなく、生徒会歌で友情と団結を誓った歴史があったことに感動し、今期の生徒会が2番と3番の歌詞を新たに作成しました。生徒会歌によってここ溝辺中に学ぶ生徒の心が時代を超えて一つになったと言えましょう。

「溝辺中学校生徒会ここにあり」歴史と伝統そして新たな歩みをスタートするにあたり、この楽曲をこれからも長く歌い継いでまいりたいと思います。

第21代校長　米森孝代

あとがき

本書のタイトル「心やさしき人々」の原典は母の詠歌です。

逢へば皆　もの言ふくれる嬉しさよ
心やさしき　村の人びと（二見サト）

昭和六十年以来の親友・中村文夫先生が、溝辺小学校五年生の担任だった法元憲一（康州）先生から賜わった母の詠歌（書）を意識しながら題字を書いて下さいました。平成廿八年七月以来、発心―真心―初心―決心と進めながら心を磨いた『モシターンきりしま』の連載シリーズ、2字熟語でエッセーの流れをつくってみました。

『学び』の6編は池田弘先生との絆から生まれました。同誌は各地の文化人がさまざまな発言を寄せておられるエッセー集です。今回の分は65から70号に掲載されました。

定年後いわゆるシルバー時代は、余暇の時空をどうやって満喫するかが鍵ですが、私の人生目標は3点、すなわち①生涯学習、②環境教育、③世界平和、これらを連携させながら総合的な哲学理論を築きたいと発心しました。喜寿を過ぎた今でも常に初心へ帰り、言葉の遊びを続けてみたくなるのは何故《なぜ》でしょう。

　生涯学習社会の今、誰しも出版をしたくなるようです。私の場合、若き日、東京の国立教育研究所で『日本近代教育百年史』全10巻の編さん事業に参画できたおかげでしょうか。学術論文は原則として年一～二編、たとえば志學館大学(鹿児島女子大学)在職中には毎年紀要に出させていたゞきました。同大名誉教授を拝命した今も投稿を勧められています。単行本も若干まとめました。

　新世紀に入る頃から始めたエッセー集、早くも10回目です。第1集『華甲一滴』には約10年かかりました。文字どおり還暦記念でしたが、そのあと霧島三部作に挑戦、薩摩義士顕彰を意識した『永《と》遠《わ》に清水を』とか、『学び』掲載原稿をもとにした『みんなみの光と風』、続いて地域文化の現状分析を兼ねた『源喜の森』と続きます。最近は国民文化祭鹿児島誘致の信念を吐露した『天地有情』、全国絵手紙鹿児島大会に祝意を表した『里山の心』とリレー、今回の『心やさしき人々』で十号達成となります。

　鳥たちが帰巣本能を発揮するように、私たちも故郷《ふるさと》の来し方ゆく末を考えたくなるのでしょうか。「里山の心」を綴るうちに「心やさしき村の人々」が浮んできたのです。二〇一七年秋、母校溝辺中の創立七十周年祝賀のお話が伝えられ、恩返しに一冊まとめてみようかナという気持がムクムクとわいてきました。米森孝代校長・亀石明郎教頭両先生のお許しを得て、急ぎ編集、記念式典にあわせて国分進行堂から出版させていただきました。母校への思いは充分書き尽くしてはいませんが、現在学校評議員を拝命している責任から、後輩への励ましにもなりそうな気持で編集しました。

　ふるさとの学び舎《や》は「やさしさ」の温床でした。同期生は溝辺中八期と竹子中一期、卒業後の同期会も一緒に続けています。終身幹事役は高陵寺住職である加来宗暁君、総会では先師級友への読経・合掌から始まります。こんなやり方は全国でも珍しいかも知れません。喜寿の同期会は関西でも実現しました。その音頭をとったのが故今吉三郎君や永山囲君です。

母校は卒業生一人ひとりが生涯学習社会という大海へ舟出をする母港だと思います。中学時代に育ててもらった友愛の気持ほど清純で崇高なものはありますまい。溝辺中の校歌は、「真理」「友愛」「希望（夢）」を柱にして作詞されています。ここにヒントを得て、次回エッセー集のテーマは「友愛の花」に決めました。題字は竹子在住で玉利中ご出身の書家・長野順子（旧姓齋藤）女史が引受けて下さいます。乞御期待。

今回も国分進行堂の皆さんに協力していたゞきました。赤塚恒久社長撮影の写真を軸に、私あての絵手紙等も若干添えて少しカラフルに編集してみました。私は程なく傘寿を迎える高齢に達しましたが、心は中学生時代に戻ってきたようです。

平成二十九年九月二十九日

母校溝辺中創立70周年を祝って

二　見　剛　史

人名さくいん（五十音順・敬称略）

題字　中村文夫
写真　赤塚恒久
編集協力　大山隆弘
〃　東園尚一郎

著者近影
右下の松は薩摩義士ゆかりの千本松原から拝領した子樹です。記念樹として大切に育てています。

著 者 略 歴

昭和14年	鹿児島市薬師町に生まれる
昭和19～20年	鹿児島幼稚園
昭和20年	父祖の地、溝辺村有川竹山に移住。溝辺小・中から加治木高校へ
昭和38年	九州大学卒業、同大学院へ　博士課程を経て九大助手（1年間）
昭和42年	国立教育研究所で日本近代教育百年史（全10巻）編集事業に参画
昭和49年	日本大学教育制度研究所へ。この頃より海外視察研修に励む
昭和55年	鹿児島女子大学（現志學館大学）へ　学生部長・生涯学習センター長（初代）等
昭和57年	溝辺町文化協会長（「始良の文化」編集委員長）
平成元年	溝辺町教育委員（「溝辺町郷土誌続編Ⅱ編集委員）
平成14年	鹿児島県文化協会長（九州文化協会理事・県文化振興会議委員・県史執筆委員等を兼務）
平成16年	世界新教育学会よりWEF小原賞（現在理事）
平成17年	志學館学園より功労賞および志學館大学名誉教授
平成18年	霧島市55人委員会委員長（兼　行政改革委員・溝辺地域審議会委員）
平成19年	霧島市薩摩義士顕彰会長
平成24年	松本亀次郎記念・日中友好国際交流の会顧問
平成25年	鹿児島県文化協会名誉会長

〔主要著書〕
「日本近代教育百年史」　（共著1974, 全10巻）
「日中関係と文化摩擦」　（共著1982）
「日中教育文化交流と摩擦」　（共著1983）
「子どもの生を支える教育」　（共著1991）
「女子教育の一源流」　（1991）
「中国人留学生教育と松本亀次郎」　（1992, 論文集成）
「谷山初七郎と加治木」　（1995）
「いのちを輝かす教育」　（編著1996）
「日本語教育史論考」　（共著2000）
「新しい知の世紀を生きる教育」　（編著2001）
「鹿児島の文教的風土」　（2003, 論文集成）
「隼人学—地域遺産を未来につなぐ」（共著2004）
「はじめて学ぶ教育の原理」　（共著2008, 新版2012）
「学校空間の研究」　（共著2014）
「霧島・始良・伊佐の昭和」　（監修2014）
「日中の道天命なり　松本亀次郎研究」　（2016）
「龍門の志」　（共著2017）

〔現住所〕　〒899-6405　鹿児島県霧島市溝辺町崎森2731-5

＝エッセー集（既刊）＝

1	華甲一滴	2001	鶴丸印刷
2	霧島山麓の文化	2004	国分進行堂
3	霧島市の誕生	2006	〃
4	霧島に生きる	2008	〃
5	永久に清水を	2011	〃
6	みんなみの光と風	2012	鶴丸印刷
7	源喜の森	2013	国分進行堂
8	天地有情	2015	〃
9	里山の心	2016	〃

心やさしき人々

溝辺中学校創立７０周年記念出版

２０１７年１０月２３日　第一刷発行

著　者　二見剛史

発行者　赤塚恒久

発行所　国分進行堂

〒８９９-４３３２
鹿児島県霧島市国分中央３丁目１６-３３
電話　０９９５-４５-１０１５
振替口座　０１８５-４３０-当座３７３
URL　http://www5.synapse.ne.jp/shinkodo/
E-MAIL　shin_s_sb@po2.synapse.ne.jp

印刷・製本　株式会社国分進行堂

定価はカバーに表示しています
乱丁・落丁はお取り替えします

ISBN978-4-9908198-8-0